LU BAOBAO

绿宝宝

[英] 李维·宾福德 著　王启荣 译　宁 宇 审译

接力出版社
Publishing House

是什么长在麦先生家的田里?

这儿以前有棵树,现在长出的是什么东西?

麦先生想:这会不会是一个惊喜?

也许,我可以带回我家里?

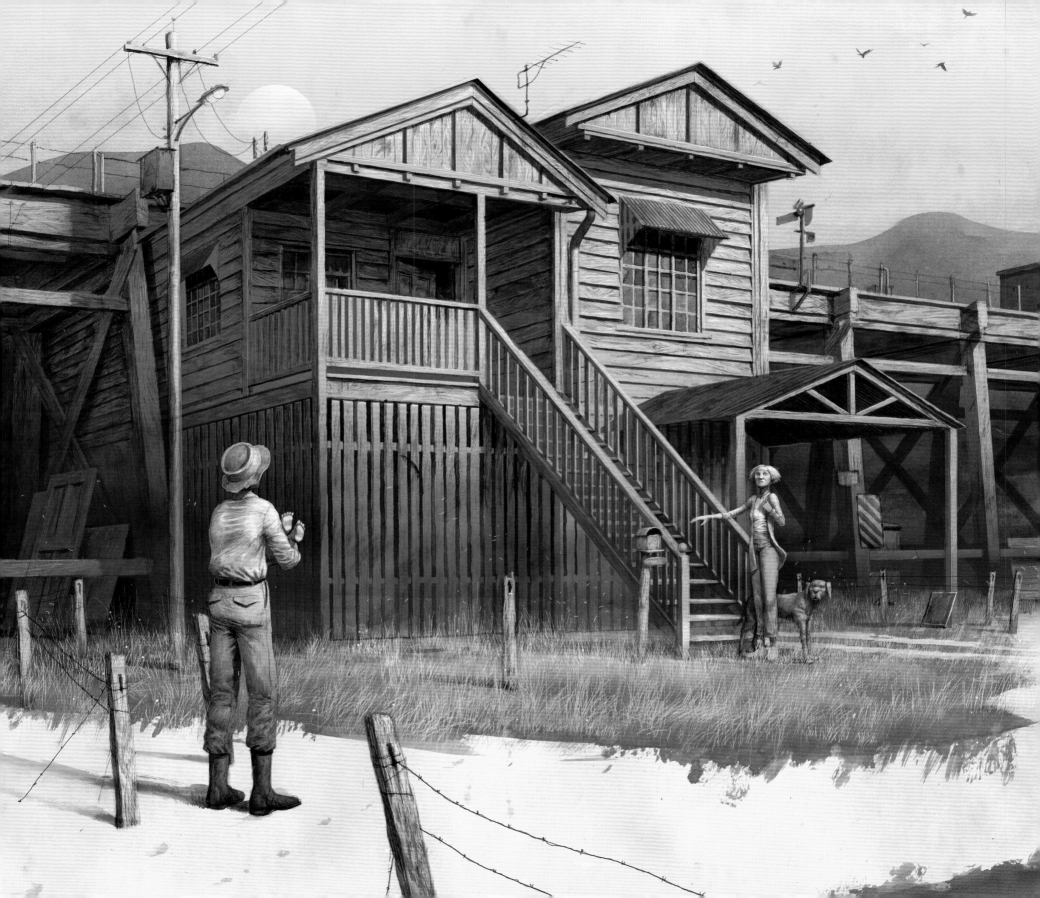

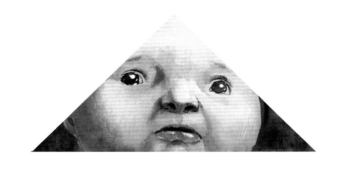

宝宝可不是一顶帽子，
他不像物品，想退就退，
捡了就得收留，不论对或不对，
麦先生夫妇没机会反悔。

养孩子的方法派不上用场，
这个小宝宝跟人类不一样。
养育他要像种一株植物，
或者说，像浇灌一棵蔬菜那样喂养。

天要黑了，麦先生说：

"咱们不能把他丢在外面。

要是他能自己选择，

他也会愿意留在屋里——多么安全。"

麦太太说："我知道你打的什么主意，

但他不该留在这里。

明天早上把这个小妖怪扔掉，

要不然我跟你没完没了。"

等到第二天早上，这个小家伙让家里大变样儿。麦太太又唠唠叨叨抱怨起来。

她问："咱们今天怎么做早餐？"麦先生说："这些甜瓜看上去很新鲜。"

麦太太回到客厅准备躺一躺，没想到她的想法又泡了汤。

她问："晚上咱们怎么看电视？"麦先生说："不如咱们就看看他怎么生长。"

麦太太没有办法，想要开车逃离这个家，可是汽车里外都开满了鲜花。

她问："咱们还怎么去买东西？"麦先生回答："有什么好买的呢？"

"家里已经有南瓜和辣椒，大葱和鼠尾草，
苹果比金币还多哩。
咱们的餐盘哪还盛得下更多东西？
我们的生活就像泡在蜜罐儿里。"

麦太太说：　"难道你是一只蜜蜂?!
像雄蜂一样嗡嗡吵个不停。
我得打电话找人来给你看看病。"
没想到，电话也被青草占领。

麦太太没喝茶就回到卧室，

怒气冲冲地上了床。

她想：什么东西在夜里一直哗啦作响？

我到底做错了什么，非要待在这个地方？

黎明，刺耳的刹车声把她吵醒，外面闹哄哄……

爬满铁轨的葡萄藤，阻碍了乘客们的交通。

"让这个笨蛋离开！"人群中一声喊叫。
"他把我们原来的生活弄得乱七八糟！
为了好好过日子，
赶紧把那破蔬菜扔掉。"

这么说有点过分，麦太太想，
这个孩子虽然奇怪，但他并不坏。
他只是一个孩子，
这些大人没有必要把他责怪。

吵闹声中，麦太太大声喊道：
"我劝你们把脑子理理清楚。
我们应该把绿宝宝带回家，
像从前一样，跟他和平相处！"

绿宝宝坐起来，念出奇怪的话语，
就在这时，忽然绽放的花朵，
吸引了人们的目光。
原来那是很早以前被遗忘的古老咒语，
现在开始显现出魔法的神奇力量……

人们大口吃着苹果、芒果和李子，尽情地吃着橘子。

这些水果好吃得让人无法停止。

漫长的夏季开始了，
每天早上人们在晨光中收获，
这些奇异的"绿宝宝菜肴"，
让每一个人都吃得很饱。

但夏天总会过去，
属于这个季节的东西也将消失。
秋天到来的时候，麦先生夫妇发现，
绿宝宝已经不见。

麦先生说："不知道绿宝宝怎样想的。
他就这样和我们分离。
他给我们留下过冬的东西，
我觉得他并没有真正地离去……"

冬天走了，春天又来到我们身边，

我们仔细倾听，仔细观察，就会发现，

万物都有自己的规律，不管是树木还是山川……

同样还是这片土地，它能长出什么奇妙的东西？

桂图登字：20－2015－098

Greenling
Copyright © 2015 by Levi Pinfold
First published in the UK in 2016 by Templar Publishing,
part of the Bonnier Publishing Group,
The Plaza, 535 King's Road, London, SW10 0SZ, UK
Simplified Chinese rights arranged through CA-LINK International LLC

图书在版编目（CIP）数据

绿宝宝/（英）李维·宾福德著；王启荣译.— 南宁：接力出版社，2016.8
ISBN 978－7－5448－4488－8

Ⅰ.①绿… Ⅱ.①李…②王… Ⅲ.①儿童文学－图画故事－英国－现代 Ⅳ.①I561.85

中国版本图书馆CIP数据核字(2016)第176650号

责任编辑：于 露 美术编辑：卢 强 责任校对：贾玲云
责任监印：刘 元 版权联络：王燕超 营销主理：高 蓓
社长：黄 俭 总编辑：白 冰
出版发行 接力出版社 社址：广西南宁市园湖南路9号 邮编：530022
电话：010-65546561（发行部） 传真：010-65545210（发行部）
http://www.jielibj.com E-mail：jieli@jielibook.com
经销：新华书店 印制：北京瑞禾彩色印刷有限公司
开本：889毫米×1194毫米 1/12 印张：$3\frac{4}{12}$ 字数：30千字
版次：2016年8月第1版 印次：2016年8月第1次印刷
印数：00 001—10 000册 定价：38.00元